L'assommoir

FichesdeLecture.com

L'*assommoir* (Fiche de lecture)

I. INTRODUCTION

L'auteur

Émile Zola est né en 1840 et mort en 1902, c'est un écrivain, journaliste et homme public considéré comme le chef de file du naturalisme. Il est l'un des romanciers français les plus populaires, l'un des plus publiés, traduits et commentés au monde.

Très tôt, il manifeste sa passion pour la littérature. Il lit beaucoup et projette déjà de devenir écrivain. En sixième, il rédige un roman sur les croisades. Il est aussi influencé par des auteurs contemporains, comme Jules Michelet ou encore Balzac.

Ayant échoué au baccalauréat, il est employé aux écritures aux Docks de la douane. Puis il travaille chez Hachette comme commis dans sa librairie. Dès 1863, il écrit dans des rubriques de critique littéraire et artistique de différents journaux, comme « L'Événement », « La Cloche », « Le Figaro ».

Ses romans ont connu de très nombreuses adaptations au cinéma et à la télévision. Sur le plan littéraire, il est principalement connu pour « Les Rougon-Macquart », fresque romanesque en vingt volumes dépeignant la société française sous le Second Empire et qui met en scène la trajectoire de la famille des Rougon-Macquart, à travers ses différentes générations et dont chacun des représentants d'une époque et d'une génération particulière fait l'objet d'un roman.

L'œuvre

L'assommoir a été publié à Paris en feuilleton dans « le Bien public » d'avril à juin 1876, puis, après une interruption due à certaines difficultés politiques et éditoriales, dans « la République des lettres », une revue d'orientation parnassienne, de juillet 1876 à janvier 1877.

Une première partie paraît en volume en 1876, mais la véritable originale date de 1877, toutes deux à Paris chez Charpentier. L'immense succès public du septième roman de la série des Rougon-Macquart, tient en partie au scandale qui accueillit sa publication, avec notamment des articles dans le Figaro, le Gaulois, le Journal des débats.

On sait aussi qu'à côté de l'enthousiasme de Huysmans et de Mallarmé, certains « excès » arrêtèrent E. de Goncourt, pionnier pourtant dans la description de ce monde nouveau : celui du peuple. Mais l'œuvre de Zola reste radicalement nouvelle et correspond à un investissement personnel considérable : « le premier roman sur le peuple, qui ne mente pas et qui ait l'odeur du peuple ».

Dans la Préface, Zola expliqua ses intentions : « J'ai voulu peindre la déchéance fatale d'une famille ouvrière, dans le milieu empesté de nos faubourgs. Au bout de l'ivrognerie et de la fainéantise, il y a le relâchement des liens de la famille, les ordures de la promiscuité, l'oubli progressif des sentiments honnêtes, puis comme dénouement la honte et la mort. C'est de la morale en action, simplement. »

II. RÉSUMÉ DU ROMAN

Chapitre I

Gervaise, originaire de Plassans, boiteuse arrive à Paris avec son amant, Lantier et leurs deux fils, Claude et Étienne. Chapelier de métier, Lantier est paresseux et infidèle, il finit par la quitter pour Adèle. Au lavoir, Gervaise est provoquée par Virginie, la sœur d'Adèle. Une bataille s'engage alors, dont Gervaise sort victorieuse.

Chapitre II

Gervaise qui se retrouve seule travaille comme blanchisseuse chez Madame Fauconnier. Au cabaret du père Colombe, L'Assommoir, un ouvrier zingueur et couvreur, Coupeau, lui fait la cour. Ils se mettent en ménage dans l'immeuble de la Goutte-d'Or, où habite la sœur de Coupeau, mariée à Lorilleux, un artisan avare qui travaille l'or.

Gervaise espère alors avoir un « travail, manger du pain, avoir un trou à soi, élever ses enfants, mourir dans son lit » et ne pas être battue. Ils projettent de se marier.

Chapitre III

La noce réunit quinze personnes. Le mariage est civil puis religieux puisque pour Coupeau : « un mariage sans messe, on avait beau dire, ce n'était pas un mariage ». Puis, ils se baladent dans Paris vers le Musée du Louvre, mais le « cortège » se perd. Gervaise entend Mme Lorilleux l'appeler la « Banban » parce qu'elle boite. Enfin Gervaise rencontre le sinistre croque-mort Bazouge qui lui dit « ça ne vous empêchera pas d'y passer, ma petite… ».

Chapitre IV

Coupeau et Gervaise prospèrent et ils s'installent rue Neuve de la Goutte d'Or. Gervaise rencontre Goujet, un forgeron, ouvrier solide et sûr, qui vit avec sa mère à côté d'eux, ils deviennent amis. Les Coupeaux ont une fille, Anna, Gervaise pense pouvoir réaliser son rêve, avoir sa propre blanchisserie.

Un jour Coupeau tombe d'un toit, se casse une jambe, Gervaise s'occupe de lui, mais il commence à sombrer dans l'oisiveté et l'alcoolisme. Goujet prête de l'argent à Gervaise, elle se met à son compte comme blanchisseuse. Elle travaille dur et embauche trois ouvrières : Mme Putois, Clémence et une apprentie, Augustine. Cependant, elle commence à s'avachir progressivement.

Chapitre V et VI

Coupeau se remet au travail, mais il a peur de remonter sur les toits, il boit de plus en plus. Gervaise rend visite à Goujet, qui est amoureux d'elle, dans sa fabrique de boulons, mais elle a du mal à le rembourser. Coupeau traîne de plus en plus au cabaret avec ses amis Mes-Bottes, Bibi-la-Grillade et Bec-Salé.

Chapitre VII et VIII

Gervaise, qui devient de plus en plus gourmande, organise un « gueuleton » pour quatorze convives qui font ripaille dans la boutique. Elle sert une oie rôtie qui représente une certaine réussite. Mais à cette occasion, Lantier réapparaît, il devient l'ami du couple et vit chez eux contre une participation financière, dont il ne s'acquittera jamais.

Les deux hommes vivent aux dépens de Gervaise. Cette dernière accumule les dettes, tandis Goujet est toujours amoureux d'elle.

Chapitre IX

Coupeau boit de plus en plus, Gervaise commence à sombrer dans la déchéance. Elle perd ses clientes et redevient la maîtresse de Lantier. Elle refuse de partir avec Goujet.

Chapitre X

Gervaise grossit, ne travaille plus, perd peu à peu son argent et sa réputation. Ils doivent déménager « sous les toits, dans le coin des pouilleux, dans le trou le plus sale ». Elle cède son bail à Virginie. Coupeau est interné à l'hôpital Sainte-Anne. Nana grandit et fait sa communion : « Le curé faisant les grands bras, les petites filles pareilles à des anges défilant les mains jointes, avant d'avaler le Bon Dieu ». Elle est apprentie chez un fleuriste.

Chapitre XI, XII et XIII

Nana quitte le quartier et devient une fille entretenue. Gervaise, devenue elle aussi alcoolique, sombre dans la misère. Elle fait les poubelles, elle fait le ménage dans l'épicerie de son ancienne employée, Virginie. Lantier est devenu l'amant de cette dernière.

Elle perd l'estime de Goujet, à qui elle avait proposé ses faveurs sans savoir que c'était lui. Elle se bat souvent avec Coupeau. Il meurt à Sainte-Anne des suites d'une crise de delirium tremens. Elle vit dans la niche du défunt père Bru, sous l'escalier.

Elle finit par mourir de faim, l'odeur alerte les voisins. Bazouge, le croque-mort déclare alors : « Va, t'es heureuse. Fais dodo ma belle ! »

III. ÉTUDE DES PERSONNAGES

Gervaise

C'est la fille d'Antoine Macquart et Joséphine Gavaudan. Elle est également la sœur de la charcutière Lisa Quenu, « Le Ventre de Paris », mais elles ne se voient jamais. Alors qu'elle est boiteuse de naissance, elle est assez jolie et travailleuse. Elle a très bon cœur, ce qui s'avéra être une faiblesse.

Selon le début de l' « Ébauche », le roman devait s'intitulait « La simple vie de Gervaise Macquart ». C'est en effet le personnage central de l'œuvre, le roman retrace sa vie de son arrivée à Paris, dans la force de l'âge, plein d'ambition, jusqu'à sa mort, dix-neuf années plus tard, seule abandonnée de tous.

« L'assommoir » est l'histoire d'une vie, celle de la déchéance de Gervaise. Au début, c'est une mère qui aime ardemment ses enfants et d'une grande bonté : « Le vrai était qu'elle restait obligeante et secourable au point de faire entrer les pauvres quand elle les voyait grelotter dehors ».

Après s'être mise en ménage avec Coupeau et travaillant comme blanchisseuse, elle espère un bonheur simple : « travailler tranquille, manger toujours du pain, ne pas être battue et mourir dans son lit ». Elle parvient à réaliser ce rêve avec l'argent prêté par Goujet, secrètement amoureux d'elle.

Elle se met à son compte comme blanchisseuse, travaille dur et embauche trois ouvrières : Mme Putois, Clémence et une apprentie, Augustine. Cependant, elle commence à s'avachir progressivement. De plus après sa chute Coupeau devient alcoolique et entraîne dans sa déchéance sa femme. Ainsi les six premiers chapitres correspondent à une lente ascension sociale avec au sommet l'organisation du dîner avec une oie rôtie qui représente une certaine réussite.

Mais à cette occasion, Lantier réapparaît, il devient l'ami du couple et vit chez eux contre une participation financière, dont il ne s'acquittera jamais. Les deux hommes vivent aux dépens de Gervaise. Cette dernière accumule les dettes, tandis Goujet est toujours amoureux d'elle. Elle redevient peu à peu sous l'emprise de son ancien amant.

Elle se laisse envahir par une paresse et accumule les dettes sans jamais pouvoir les rembourser. Elle devient victime de l'alcool comme son mari. Gervaise est prise dans un engrenage auquel elle ne peut pas échapper à cause de son hérédité. Elle a eu un père brutal et une mère qui l'a très tôt initiée aux plaisirs de l'anisette.

La déchéance de Gervaise se voit aussi à travers ses déménagements, elle part de l'hôtel Boncœur, à la rue Neuve de la Goutte-d'Or où elle voisine avec Goujet, puis rue de la Goutte-d'Or d'abord au rez-de-chaussée comme patronne, puis au sixième étage parmi les besogneux et enfin sous l'escalier.

La vie de Gervaise est marquée par plusieurs étapes, la bataille des femmes dans le lavoir, la chute de Coupeau tombant d'un toit, la visite au Louvre, la forge de Goujet, la scène de delirium tremens de Coupeau à l'hôpital et enfin la déchéance finale lorsqu'elle se prostitue dans la rue. La mort semble être la seule échappatoire. Cependant elle finit seule clocharde et à demi-folle dans une niche. Zola nous dresse ainsi le portrait d'une femme détruite par la « promiscuité » et par l'alcoolisme.

Coupeau

C'est un ouvrier zingueur, honnête et travailleur au début du roman. Mais après sa chute d'un toit, sa rancœur envers le travail et la peur de remonter sur les toits le font sombrer dans l'ivrognerie et la paresse. Par ses travers, il incarne « le mauvais ouvrier ».

Il est interné sept fois à l'hôpital Sainte-Anne, où il décède. On assiste également à sa déchéance tout au long du roman. À la fin il perd tout, sa famille, son travail et finalement sa santé. Il meurt au milieu des hallucinations du delirium tremens.

Lantier

C'est le premier amant de Gervaise et le père d'Étienne et Claude. Au début, il est chapelier, mais dépensier et infidèle, il quitte Gervaise pour Adèle. Il a une mentalité de parasite, en effet il réapparaît au moment où la boutique de Gervaise commence à prospérer et s'installe chez les Coupeau. Il vit aux dépens de Gervaise sans jamais l'aider financièrement. Il redevient son amant.

Puis lorsque Virginie, l'ancienne employée de Gervaise et son mari, reprennent le bail pour en faire une épicerie, il devient l'amant de cette dernière. Il assiste à la déchéance de Gervaise qui fait le ménage dans l'épicerie. Après les Poissons, il fera en sorte qu'une tripière reprenne le magasin.

Il incarne l'esprit du mal, en effet, il entretient le mystère sur son passé et ses occupations. Il exerce une certaine emprise sur les femmes plus particulièrement Gervaise.

Étienne Lantier

C'est le second fils de Lantier et Gervaise. Il travaille à la forge avec Goujet, puis part à Lille chez un mécanicien. Ce sera héros de « Germinal ».

Anna Coupeau

Surnommée Nana, c'est la fille de Coupeau et Gervaise. Enfant, elle est assez capricieuse et règne sur les galopins du quartier. Elle devient apprentie chez un fleuriste pour finalement devenir une femme entretenue. Zola écrira un livre sur elle, « Nana » le neuvième volet à la série des Rougon-Macquart.

Goujet

C'est un voisin de Gervaise et Coupeau qui vit avec sa mère. Il est forgeron, amoureux de Gervaise en secret, il lui prête de l'argent pour ouvrir la blanchisserie. Elle ne parviendra jamais à les rembourser. Il incarne le « bon ouvrier ».

Les Lorilleux

Il s'agit de la sœur et du beau-frère de Coupeau, ce sont des ouvriers bijoutiers. Mme Lorilleux n'aime pas Gervaise qu'elle surnomme « La Banban ».

IV. AXES DE LECTURE

Caractéristiques de la fresque romanesque des « Rougon-Macquart »

En 1867, Zola publie un roman, « Thérèse Raquin », qui, sans en faire partie, annonce le cycle des « Rougon-Macquart », tant par les sujets abordés (l'hérédité, la folie) que par les critiques qu'il suscite : la presse traite en effet l'auteur de « pornographe », d' « égoutier » ou encore de partisan de la « littérature putride ».

Dans Madeleine Férat, récit publié en feuilleton en 1868, apparaissent les deux thèmes dominants de sa gigantesque œuvre à venir, l'histoire naturelle et les questions d'hérédité et l'histoire sociale.

Lorsqu'il décide d'entreprendre sa vaste fresque romanesque, Zola élabore toute une série de réflexions préliminaires. Par souci de méthode, il veut établir un plan général, avant même d'écrire la première ligne. Zola se veut différent de la Comédie Humaine de Balzac : « Je ne veux pas peindre la société contemporaine, mais une seule famille en montrant le jeu de la race modifiée par le milieu. [...] Ma grande affaire est d'être purement naturaliste, purement physiologiste ».

Il veut en outre écrire des « romans expérimentaux ». Il affirme que le romancier ne peut plus se contenter de l'observation, mais se doit d'adopter une attitude véritablement scientifique, soumettant le personnage à une grande variété de situations, éprouvant son caractère, faisant apparaître un jeu de relations, de généralités, de nécessités et, surtout, fondant son travail sur une solide documentation.

Le naturalisme de Zola

L'auteur trouve dans une étude du docteur Lucas, « Traité philosophique et physiologique de l'hérédité naturelle » les principes de construction de la famille des « Rougon-Macquart ». Selon Lucas, le processus héréditaire peut aboutir à trois résultats différents : l'élection (la ressemblance exclusive du père ou de la mère), le mélange (la représentation simultanée du père et de la mère), la combinaison (fusion, dissolution des deux créateurs dans le produit).

Zola dresse un arbre généalogique dans lequel il établit des correspondances entre les personnages et les romans. Il prépare ensuite un premier plan de dix romans qui s'inscrivent dans un ordre chronologique. Toute la structure interne des Rougon-Macquart est expliquée par la névrose d'Adelaïde Fouque, dont le père a fini dans la démence et qui, après la mort de son mari, un simple domestique nommé Pierre Rougon, prend pour amant un ivrogne, Antoine Macquart.

La descendance de celle que l'on appelle tante Dide est ainsi marquée par la double malédiction de la folie et de l'alcoolisme que l'on retrouve dans tous les volumes. Ainsi, le docteur Pascal, héros du vingtième et dernier volume (voir le Docteur Pascal), s'effraye en comprenant subitement la tragique destinée de sa famille. C'est le Docteur Pascal, 1893 qui clôt l'ensemble, à la fois parce qu'il en est le dernier roman et parce que son héros, qui effectue des recherches sur l'hérédité, prend l'histoire de sa propre famille comme terrain d'observation.

Aujourd'hui, les théories scientifiques qui fondent les « Rougon-Macquart » sont tout à fait dépassées, mais l'œuvre, elle, reste toujours actuelle, sans doute parce que, au-delà des ambitions scientifiques de son auteur, elle demeure une réalisation considérable sur le plan littéraire.

Un roman expérimental

« Le roman est la déchéance de Gervaise et de Coupeau, celui-ci entraînant celle-là, dans le milieu ouvrier. Expliquer les mœurs du peuple, les vices, les chutes, la laideur physique et morale, par ce milieu par la condition faite à l'ouvrier dans notre société ».

Dans « L'Assommoir », Zola veut illustrer sa théorie du roman expérimental : il s'agit de voir comment des ouvriers soumis au milieu du faubourg vont réagir en fonction de leur tempérament et de leur hérédité. Il veut nous prouver de l'existence de l'influence de l'hérédité et du milieu sur les personnes.

L'alcoolisme

L'Assommoir est le cabaret où Coupeau et Gervaise se rencontrent. C'est également à cet endroit qu'ils iront boire le poison, le « vitriol » distillé par l'alambic. Zola personnifie « L'Assommoir », plus particulièrement l'alambic, « la machine à soûler » du père Colombe : « L'alambic, sourdement, sans une flamme, sans une gaieté dans les reflets éteints de ses cuivres, continuait, laissait couler sa sueur d'alcool, pareil à une source lente et entêtée, qui à la longue devait envahir la salle, se répandre sur les boulevards extérieurs, inonder le trou immense de Paris ».

L'alcool apparaît comme un personnage « sadique », au début, c'est une source illusoire de réconfort : « Malgré l'heure matinale, l'Assommoir flambait, les volets enlevés, le gaz allumé ». Mais au fur et à mesure du récit, on réalise qu'il pompe l'énergie des consommateurs : « Ils restaient au bord du trottoir avec des regards obliques sur Paris, les bras mous, déjà gagnés à une journée de flâne »

à cause de lui, Coupeau puis Gervaise se dégradent physiquement et moralement, ils deviennent à demi-fous. Dans un premier temps l'alcool rend les personnes gaies et joyeuses, puis l'addiction des alcooliques les mène à la déchéance sociale. Le phénomène de l'alcoolisme se traduit par une destruction de la vie familiale puis de la vie sociale.

À l'instar de Coupeau qui était un ouvrier honnête et travailleur. Suite à son accident, il devient dépendant à l'alcool et inactif. Il perd son travail, puis sa place de mari auprès de Gervaise en la poussant dans les bras de Lantier. Et enfin celle de père, il devient violent avec Nan et avec Gervaise. Il e maigri puis il fait plusieurs crises de delirium tremens, il finit par mourir à Sainte-Anne. Pour Zola, l'hérédité est très importante, « on n'est pas libre de son destin », le père de Coupeau était alcoolique.

Certains ont caractérisé, le roman de « peinture sociologique », en effet, il s'agit d'une étude médicale et sociale de l'alcoolisme et de ses ravages.

Une description de la condition ouvrière du XIXe siècle

« L'assommoir » est « le premier roman sur le peuple [...] ayant l'odeur du peuple », Zola a vécu plusieurs années au contact des artisans et ouvriers parisiens. Il s'est également inspiré de Denis Poulot, « Le sublime », qui traitait de la condition ouvrière.

Zola nous dresse un tableau concret de la condition ouvrière sous le Second Empire. Il décrit le travail du zingueur sur les toits, celui des artisans chaînistes en chambre, des blanchisseuses et des fleuristes. Il expose aussi les conditions de vie des ouvriers parisiens, la saleté, la promiscuité, les odeurs et les bruits. Il dénonce les conditions de travail assez déplorables et montre aussi pourquoi l'alcool est un compagnon de misère.

Paris à cette époque, se transforme en chantier géant, reflet de la prospérité économique de la classe bourgeoise à travers l'édification d'immeubles modernes ou de grands boulevards. Tandis que le peuple est repoussé à la périphérie. En témoignent les déménagements successifs de Gervaise. La misère du peuple apparaît croissante dans le roman.

À la condition ouvrière correspond aussi une authentique culture populaire, elle se définit d'abord en opposition à une culture officielle symbolisée
par le Louvre où la noce se perd. Zola emploie aussi le langage populaire
et le style indirect libre. Cette culture populaire se traduit enfin par une
certaine façon de vivre avec les autres, de conquérir ou de perdre son identité sociale. L'histoire du livre peut alors être comprise comme l'acquisition
et la perte par Gervaise de cette identité : d'abord provinciale sans statut,
puis blanchisseuse honorable et reconnue, enfin vieille souillon misérable.

Dans la même collection en numérique

Les Misérables
Le messager d'Athènes
Candide
L'Etranger
Rhinocéros
Antigone
Le père Goriot
La Peste
Balzac et la petite tailleuse chinoise
Le Roi Arthur
L'Avare
Pierre et Jean
L'Homme qui a séduit le soleil
Alcools
L'Affaire Caïus
La gloire de mon père
L'Ordinatueur
Le médecin malgré lui
La rivière à l'envers - Tomek
Le Journal d'Anne Frank
Le monde perdu
Le royaume de Kensuké
Un Sac De Billes
Baby-sitter blues
Le fantôme de maître Guillemin
Trois contes
Kamo, l'agence Babel
Le Garçon en pyjama rayé
Les Contemplations

Escadrille 80

Inconnu à cette adresse

La controverse de Valladolid

Les Vilains petits canards

Une partie de campagne

Cahier d'un retour au pays natal

Dora Bruder

L'Enfant et la rivière

Moderato Cantabile

Alice au pays des merveilles

Le faucon déniché

Une vie

Chronique des Indiens Guayaki

Je voudrais que quelqu'un m'attende quelque part

La nuit de Valognes

Œdipe

Disparition Programmée

Education européenne

L'auberge rouge

L'Illiade

Le voyage de Monsieur Perrichon

Lucrèce Borgia

Paul et Virginie

Ursule Mirouët

Discours sur les fondements de l'inégalité

L'adversaire

La petite Fadette

La prochaine fois

Le blé en herbe

Le Mystère de la Chambre Jaune

Les Hauts des Hurlevent

Les perses

Mondo et autres histoires

Vingt mille lieues sous les mers

99 francs

Arria Marcella

Chante Luna

Emile, ou de l'éducation
Histoires extraordinaires
L'homme invisible
La bibliothécaire
La cicatrice
La croix des pauvres
La fille du capitaine
Le Crime de l'Orient-Express
Le Faucon malté
Le hussard sur le toit
Le Livre dont vous êtes la victime
Les cinq écus de Bretagne
No pasarán, le jeu
Quand j'avais cinq ans je m'ai tué
Si tu veux être mon amie
Tristan et Iseult
Une bouteille dans la mer de Gaza
Cent ans de solitude
Contes à l'envers
Contes et nouvelles en vers
Dalva
Jean de Florette
L'homme qui voulait être heureux
L'île mystérieuse
La Dame aux camélias
La petite sirène
La planète des singes
La Religieuse
1984 A l'Ouest rien de nouveau
Aliocha
Andromaque
Au bonheur des dames
Bel ami
Bérénice
Caligula
Cannibale
Carmen

Chronique d'une mort annoncée
Contes des frères Grimm
Cyrano de Bergerac
Des souris et des hommes
Deux ans de vacances
Dom Juan
Electre
En attendant Godot
Enfance
Eugénie Grandet
Fahrenheit 451
Fin de partie
Frankenstein
Gargantua
Germinal
Hamlet
Horace
Huis Clos
Jacques le fataliste
Jane Eyre
Knock
L'homme qui rit
La Bête humaine
La Cantatrice Chauve
La chartreuse de Parme
La cousine Bette
La Curée
La Farce de Maitre Pathelin
La ferme des animaux
La guerre de Troie n'aura pas lieu
La leçon
La Machine Infernale
La métamorphose
La mort du roi Tsongor
La nuit des temps
La nuit du renard
La Parure

La peau de chagrin

La Petite Fille de Monsieur Linh

La Photo qui tue

La Plage d'Ostende

La princesse de Clèves

La promesse de l'aube

La Vénus d'Ille

La vie devant soi

L'alchimiste

L'Amant

L'Ami retrouvé

L'appel de la forêt

L'assassin habite au 21

L'assommoir

L'attentat

L'attrape-coeurs

Le Bal

Le Barbier de Séville

Le Bourgeois Gentilhomme

Le Capitaine Fracasse

Le chat noir

Le chien des Baskerville

Le Cid

Le Colonel Chabert

Le Comte de Monte-Cristo

Le dernier jour d'un condamné

Le diable au corps

Le Grand Meaulnes

Le Grand Troupeau

Le Horla

Le jeu de l'amour et du hasard

Le Joueur d'échecs

Le Lion

Le liseur

Le malade imaginaire

Le Mariage de Figaro

Le meilleur des mondes

Le Monde comme il va

Le Parfum

Le Passeur

Le Petit Prince

Le pianiste

Le Prince

Le Roman de la momie

Le Roman de Renart

Le Rouge et le Noir

Le Soleil des Scortas

Le Tartuffe

Le vieux qui lisait des romans d'amour

L'Ecole des Femmes

L'Ecume Des Jours

Les Bonnes

Les Caprices de Marianne

Les cerfs-volants de Kaboul

Les contes de la Bécasse

Les dix petits nègres

Les femmes savantes

Les fourberies de Scapin

Les Justes

Les Lettres Persanes

Les liaisons dangereuses

Les Métamorphoses

Les Mouches

Les Trois mousquetaires

L'étrange cas du Dr Jekyll et de Mr Hyde

L'Ile Au Trésor

L'île des esclaves

L'illusion comique

L'Ingénu

L'Odyssée

L'Ombre du vent

Lorenzaccio

Madame Bovary

Manon Lescaut

Micromégas

Mon ami Frédéric

Mon bel oranger

Nana

Ne tirez pas sur l'oiseau moqueur

Notre-Dame de Paris

Oliver twist

On ne badine pas avec l'amour

Oscar et la dame rose

Pantagruel

Le Misanthrope

Perceval ou le conte du Graal

Phèdre

Ravage

Roméo et Juliette

Ruy Blas

Sa Majesté des Mouches

Si c'est un homme

Stupeur et tremblements

Supplément au voyage de Bougainville

Tanguy

Thérèse Desqueyroux

Thérèse Raquin

Ubu Roi

Un Barrage contre le Pacifique

Un long dimanche de fiançailles

Un secret

Vendredi ou la vie sauvage

Vipère au poing

Voyage au bout de la nuit

Voyage au centre de la terre

Yvain ou le Chevalier au lion

Zadig

À propos de la collection

La série FichesdeLecture.com offre des contenus éducatifs aux étudiants et aux professeurs tels que : des résumés, des analyses littéraires, des questionnaires et des commentaires sur la littérature moderne et classique. Nos documents sont prévus comme des compléments à la lecture des oeuvres originales et aide les étudiants à comprendre la littérature.

Fondé en 2001, notre site FichesdeLectures.com s'est développé très rapidement et propose désormais plus de 2500 documents directement téléchargeables en ligne, devenant ainsi le premier site d'analyses littéraires en ligne de langue française.

FichesdeLecture est partenaire du Ministère de l'Education du Luxembourg depuis 2009.

Plus d'informations sur www.fichesdelecture.com

ISBN: 978-2-511-02808-7

Notes :